어머니의 등불

어머니의 등불

2026년 2월 13일 초판 1쇄 인쇄 발행

지은이 유일종
펴낸이 박종래
펴낸곳 도서출판 명성서림

등록번호 301-2014-013
주소 04625 서울시 중구 필동로 6 (2, 3층)
대표전화 02)2277-2800
팩스 02)2277-8945
이메일 msprint8944@naver.com

값 13,000원
ISBN 979-11-7439-094-3

시와 캘리그라피의 만남

어머니의 등불

유 일 종 시집

도서출판 명성서림

시인의말

이 그리움이 무엇일까?
계절이 바뀌고 세월이 가고 더욱 깊어지는 그리움
어린 시절 고향, 부모 형제 소꿉동무들

더 늦기 전에 글로 남기고 싶었다
추억의 조각들과 살아가는 삶의 이야기를 그려
같은 시대를 살아온 누군가에게 들려주고 싶다

마음의 날개는 날 것 같은데 쉽지 않았다
시 창작 수업을 받으며 때로는 습작이 더디어
실망스럽기도 했지만 여기까지 오고 말았다

가족을 비롯해 여러분의 응원에 힘을 냈던 것 같다
졸작을 모아 처녀작을 상재하게 되어 부끄럽기도 하다
창작의 고충은 있지만 계속 붓을 놓지 않으리라 마음 다진다

2026년 正月
유일종

차례

1부

2부

차례

3부

4부

나무그늘

아스팔트를 녹일 듯
화덕처럼 뜨거운 열기
향방 없는 발걸음 휘청 거린다

쉴 곳을 찾지 못한 목마른 군상들
초점 없는 눈은 허공을 헤매고
가로수 나뭇잎은 어깨를 늘어뜨린다

그늘을 찾아야 한다고 외치는 소리
아무도 그늘이 되어줄 사람이 없다
어디선가 부르는 소리, 귀 기울인다

산자락에 우뚝한 굴참나무
복잡한 도시를 피해 자리 잡은곳
누군가에게 그늘이 되어주는 나무
나도 어디선가 그늘이 되어야 하기에
닮기 위하여 나무 아래 앉아본다

참 좋은 산행

바람도 따사로운 봄날 아침
산행 약속한 친구 만나러 집을 나선다

움츠렸던 몸과 마음을 펴고 산을 오른다
오랜만에 만나니 반가움에 인사가 유별하고
묵혔던 이야기는 끝을 모른다

친구 소중한 줄 아는 철든 나이
서로를 배려하고 격려하는 말맛이 좋다
참 즐거운 산행, 상쾌한 하루였다

산과 들에 피어나는 야생화처럼
소박하고 티 없이 맑은 마음을 지닌
생각만 해도 평안하고 든든한 벗들

두터운 우정으로 좋은 추억을 안고
기분 좋은 하루를 손인사로 보낸다
내 소중한 노년의 보배들아
평안과 건강을 빈다, 부디 행복하기를~~

감나무 가지치기

잎이 다 떨어지고 붉은 감 보기 좋더니
수확 끝난 나뭇가지는 헝크러진 머리터럭이다
감나무 이발사가 되어 사다리를 오른다

허리도 뻐근하고 몇 군데 긁히기도 했지만
파란 초겨울 하늘 아래 말쑥해진 감나무
미루던 가지치기 끝내고 나니 내일이 시원하다

긴 머리 유행했던 시절 귀 덮은 머리
머리 좀 자르라, 아버지 말씀에 순종하고
아버지도 나도 환하게 웃었다

머리 자르고 느꼈던 시원한 기분
감나무 겨울나기도 가뿐 하겠다
제법 튼실한 나무 둥치를 쓰다듬어 준다

햇살에게

아침 청소를 한다
구석구석 먼지를 털고
책상을 닦고 서랍을 정리하고
방바닥을 쓸고 닦는다

긴장을 풀고 의자에 앉아
눈을 감고 명상에 젖어든다
맑은 마음을 부른다

햇살이 유리창을 넘어온다
숨길 수 없는 순간이다
둥둥 떠다니는 먼지 알갱이
착각 속에 살아온 날들이 보인다

나는 아니라고
청결을 외쳤던 날들을 떠올린다
햇살에게 고맙다고 머리 숙인다

내일은 꽃으로 피어나라

복잡한 지하철에 몸을 싣는다
앞자리 앉은 여인이 화장을 한다
눈길 둘 곳 몰라
휴대폰에 눈을 돌린다

출근 시간에 쫓겨
화장할 시간조차 없는 여자
달리는 지하철 안에서
오늘의 자신을 만들어 간다

많은 시선이 따가운가?
그녀는 고개를 숙인다
단풍잎처럼 붉어진 얼굴에
멋쩍은 웃음을 숨긴다

그 웃음으로 하루를 열어
내일은 꽃송이로 피어나기를....

호박꽃

못생겼다는 말 듣고 살지만
비단결 같은 웃음으로
화려한 꽃들 얼굴 부끄럽게 한다

화장 짙은 꽃잎은
한 열흘 향기 날리다 가지만
나는 순수한 흙냄새 맡으며
달덩이 같은 열매를 꿈꾼다

못생겼어도 괜찮다
너그러운 마음 가득
조용히 삶을 담아낼 수 있다면
그것으로 만족하고 살란다

바람이 스칠 때마다
나는 여전히
소박한 미소로 세상을 품는다

보물 품은 호박꽃

작은 씨앗 하나 흙 속에 묻힐 때
노란 숨결 그렇게 넝쿨 질 줄 몰랐지

꽃잎에 머물던 바람도 몰랐지
호박벌은 다 알고 노래 불렀지

아무도 돌아보지 않던 꽃 속에
달덩이 같은 보물이 숨어 있는 줄 모르는
사람들의 작은 눈, 놀라워 감기지 않네

잘 익은 호박덩이를 품고
노랗게 핀 고향의 호박꽃처럼
묵묵히 노년을 익어가고 싶다

묵묵히
노년을
익어가요
싶다

꽃밭

앞뜰 한켠 작은 꽃밭에
맨드라미 봉숭아 분꽃 채송화
머리 맞대고 재잘재잘

올망졸망 노는 모습
다정하게 자라는 우리 남매들
엄마의 기쁨이고 자랑이다

예쁘게 자라는 아이들이 있어
흐뭇한 다둥이 엄마는
꽃밭 가꾸듯 매일이 즐겁다

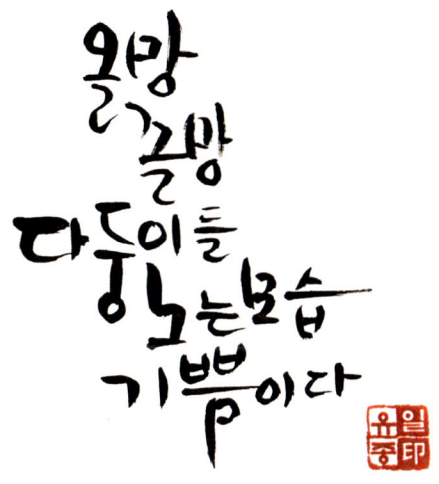

올망
졸망
다독이들
하는모습
기쁨이다

천사의 나팔꽃

달빛이 내려와
천사의 꽃이 되었나
환한 너의 얼굴 보니
마음이 설렌다

밤마다 떠오르는 너의 향기
꿈결인 듯 취한 내 마음

열어둔 창 넘어
미풍이 지나간 자리마다
사랑의 향기 스며든다

만나면 부끄럽고
헤어지면 그리운 그대

은은히 풍기는 천사의 나팔꽃 향기
그대는 영원한 사랑의 향기

냉이

추운 겨울 이겨낸 냉이
양지바른 밭둑에 얼굴 내밀고
희망을 알리는 시를 읊는다

봄기운 감도는 포근한 아침
밥상에 올라온 냉이국
봄을 알리는 구수한 냄새

움츠렸던 겨울을 떨치고
봄의 향기를 먹는다
가라앉은 농심이 힘을 얻는다

민들레 사랑

굳은 땅에도 길바닥에도
굳세게 피어나는 민들레

반겨주는 이 없어도
웃음을 잃지 않는 꽃

인정머리 없는 발길에 밟혀도
억척스레 꽃을 피워
새 희망을 노랗게 알리는 꽃

묵정밭을 파헤쳐 씨앗 뿌리던
민들레 닮은 내 사랑 순이
민들레 홀씨 날리던 봄날
우리 사랑도 샛노랗게 웃었지

민들레 꽃피는 봄날
멀어져간 사랑을 불러본다
귓불 스치는 바람소리
나를 부르는 너의 목소리

풀꽃 사랑

작은 꽃잎에 이슬방울 달고
바람에 간들거리는 작은 풀꽃
이름을 모르니
그냥 풀꽃이라 부른다

장미 보다 백합 보다
소박한 작은 꽃이 사랑스러워
아침 햇살도 하얗게 웃는다

내일도 모레도 날이 날마다
소녀처럼 웃어라
가슴 설레는 내 사랑 풀꽃

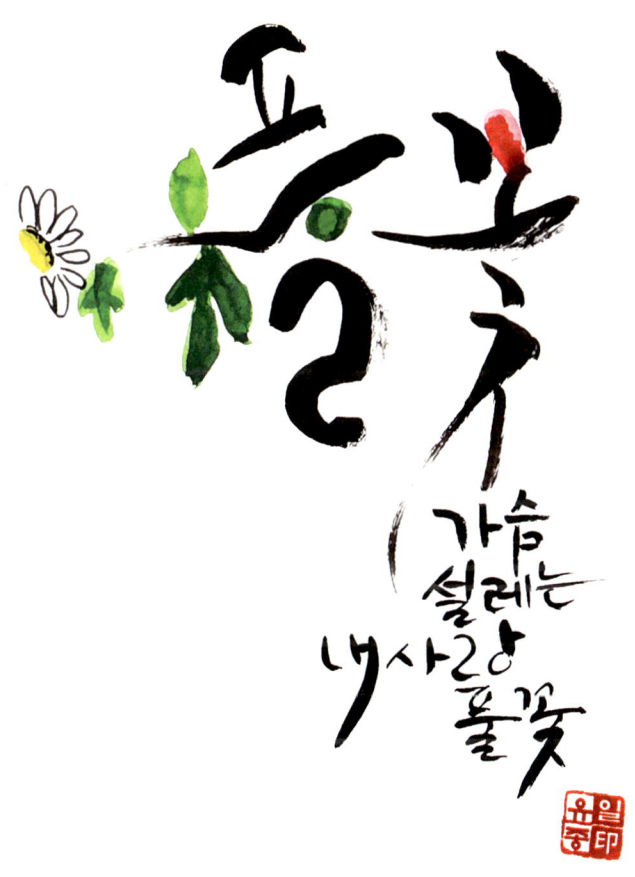

풀꽃

가슴
설레는
내사랑
풀꽃

봄이 오는 소리

얼어붙었던 대지가
입춘의 햇살을 힘입어
몸을 푸는 봄이다

어서 오라, 봄
잰걸음으로 오는
봄의 소리 듣고 싶다

부드러운 흙을 만지는 기쁨
씨앗 뿌리고 다독다독 새해 농사
부푼 꿈을 안고
봄이 오는 소리에 귀를 기울인다

봄이 오는 텃밭

얼었던 대지는 움츠린 몸을 풀고
참았던 숨을 뿜어내고 있다

알록달록 갖가지 씨앗을 심고
토닥토닥 흙손으로 기도를 한다

시샘바람 불어도 옷깃을 여미며
파릇파릇 새봄을 기다린다

참았던
숨
뿜어내고…

오월이 오면

오월의 훈풍은 살갗에 부드럽고
울타리 타고 오른 넝쿨장미
첫사랑처럼 밝그레 웃음이 곱다

나의 마음은
청보리밭 푸른 물결 따라
하늘 높이 나는 종달새처럼
자유를 노래할 거야

싱그러운 바람 푸른 들녘
풍요를 약속하는 땅에서
나는 오월의 농부로
하늘을 우러러 풍요를 꿈꾼다

울타리 오른 넝쿨 장미

채송화

꽃밭 가득 피어 있는 채송화
유년의 내 소꿉동무 같은 꽃
간절한 그 눈빛
누구를 기다릴까

연지 곤지 앳된 얼굴
분홍치마 노랑 저고리
새신랑 기다리는 새색시 마음
손잡아 달라는 눈길인가

오가는 이 없는 쓸쓸한 곳에서도
기다림을 즐기는 작은 꽃
발그레 웃음 짓는 순아 같아
발걸음 멈추고 눈길을 낮춘다

기다림을 즐기는 꽃

잡초

봄 햇살 대지를 녹일 때
순하고 귀여운 새싹이었지

뜨거운 태양아래
모든 생물들은
시들어 가는데
너는 어이 힘이 더 솟아
강하게 자라는 건지
도대체 알 수가 없구나

베고 뽑고 또 뽑고
뒤돌아보면 조롱이라도 하듯
머리 쳐들고 일어서는 네 모습이
원망스럽고 무섭기 까지 하다
이젠 나도 지쳐 쓰러지겠다
나는 너를 이길 수 없을 것 같다
서리 내리는 상강을 기다릴 수밖에

2부

검정고무신

아내 얼굴에 함박꽃이 피었다
사랑스런 딸로부터 생일 선물 받았다
발 편한 비싼 운동화라고 두 손으로 끌어안는다

우리 엄마 장에 가서 주전부리 사다줄 때보다
검정고무신 사다 줄 때 훨씬 좋았다
앞코가 찢어지면 헝겊을 대고 꿰매 신었던 검정고무신

아내의 따뜻한 겨울 외출을 축하하며
어린 시절의 행복을 되새겨본다
내 마음도 덩달아 행복하다

사랑하는 내 여인아!
운동화는 댓돌 위에 올려놓고 내 손을 잡아요
더 따뜻한 사랑으로 안아 줄게요

노동의 하루

땀에 젖은 베적삼이
무겁게 휘감기는 하루
저녁 해와 함께
내 그림자도 넘어간다

흙냄새 흠뻑 마시며
삽자루 호밋자루 벗 삼아
고단한 하루가 새털처럼 가볍다

풀벌레 소리 귀가 즐겁고
스치는 바람 살갗이 상쾌하니
고단한 하루가 녹아내린다

내일은 또 다른 노동으로
결실을 바라며 건강한 땀을 흘리리

인생드라이브

살아온 길을 돌아보니
순탄한 길보다 굴곡진 길 많았네
오르막길 부주의로 미끄러지며
숨 가쁘게 칠십 고개 넘었다

순리를 터득 못해 설익은 길
제한 속도 지키며 좌우를 돌아보며
서두리지 말자고 마음 다진다

사랑하는 아들아
넉넉한 마음으로 여유를 부리고
느림으로 뒤따라감도 괜찮을 것 같네

등짐

굽은 내 등에 짐이 버겁다
하나도 아니고 둘도 아니고
자고 일어나면 기다리는 짐

원망, 걱정, 짜증 모든 것
떨쳐 버릴 수 없는 마음의 짐
지나고 생각해 보니 귀한 선물이었어

사랑을 알고 용서도 알고
겸손과 인내와 기쁨 까지 알았다
내 삶을 감당하게 하는 힘이 되었어

오늘도 최선을 다해 등에 짐을
지고서 함께 갈련다

파전

할머니 손끝으로 뒤집힌
파전이 노릇노릇 고소하다

철판 위에서 지글지글
혀끝에서 호호 맛있다

뒤집는 순간
세상도 잠시 숨을 고른다

겉은 바삭 속은 촉촉
골고루 익어야 세상맛인데
세상은 늘 겉만 서둘러 태우고
속은 설익어 배탈이 난다

구수한 냄새보다
구린내가 가득한 세상
한쪽만 익어도
잘 익었다 우기는 세상

오직 나의 바람은
앞뒤가 노릇노릇 고르게 익어
누구나 고소하게 나눌 수 있는
할머니 파전 같은 세상이다

눈깔사탕

돌덩이 같이 단단하면서
알록달록, 달콤한 눈깔사탕
작은 입에 쏘옥 넣으면
볼때기가 혹부리 영감 되네

어머님이 오일장 서는 날이면
꼭 사다주던 어머니의 눈깔사탕
몰래 숨겨놓고 하나씩 꺼내 입에 물면
오물오물 하루해가 저 문다

눈깔사탕 입에 넣고 아껴 빨다가
함박웃음에 빠진 이 사이로 튕겨 나가
흙바닥에 떨어진 눈깔사탕
옷소매로 닦아 먹던 그때가 생각난다

추억의 눈깔사탕을 물고 보니
보석처럼 빛나는 어머니 달콤한 사랑
당신은 해질 무렵 붉은 석양에 걸려 있는
그리움 입니다

깨진 계란에 대한 유감

아내가 계란 한 판을 들고 온다
노란색이 제법 빛나는 아침 밥상

뚝배기 속 계란찜 보글보글
내 마음속에 맛있게 익는다

가난했던 시절
날계란 한 알 몰래 손에 쥐어주던
어머니의 사랑이 문득 떠오른다

등굣길에 문방구로 뛰어가다가
넘어지는 바람에 깨진 계란
지금도 생각하면 아까워 살이 떨린다

친구의 도시락에서 빛을 내뿜던
계란후라이
눈으로 먹던 점심시간 아마 울었던 것 같다

계란은 밥상의 주인이 되었고
한 입 베어 물다 울컥 목이 메인다

길바닥을 노랗게 색칠한 그 한 알이
아직도 내 안에서 끈적거리고 있다

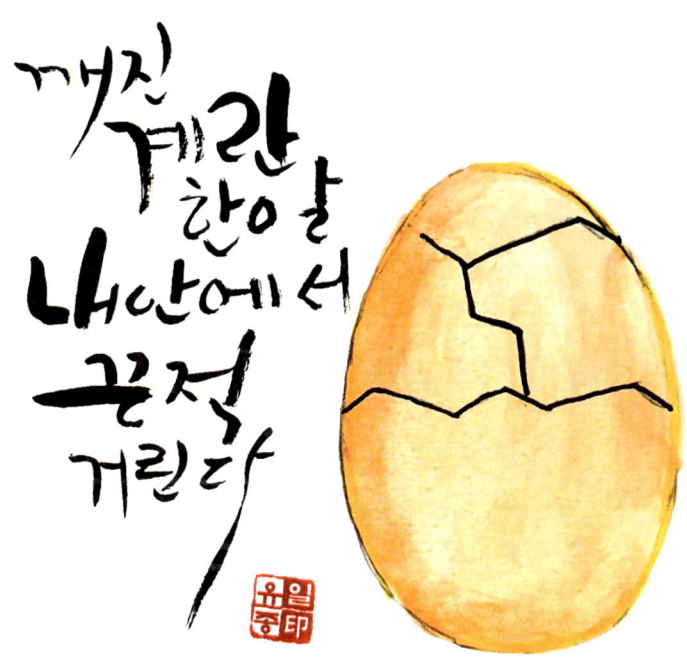

깨진 계란 한알
내안에서
꿈적거린다

아름다운 그릇

뽀얀 사기그릇 깨끗이 닦아
내일 아침 따뜻한 햇살을
소복이 담아 당신께 드릴게요

손끝으로 이룬 수고와
갓 지은 쌀밥 같은
당신의 따뜻한 마음 담을게요

차가운 새벽바람도 마다 않고
잔잔한 웃음으로 하루를 시작하는
당신의 꿈을 오롯이 채울 거예요

당신의
꽃을
오롯이
채울거예요

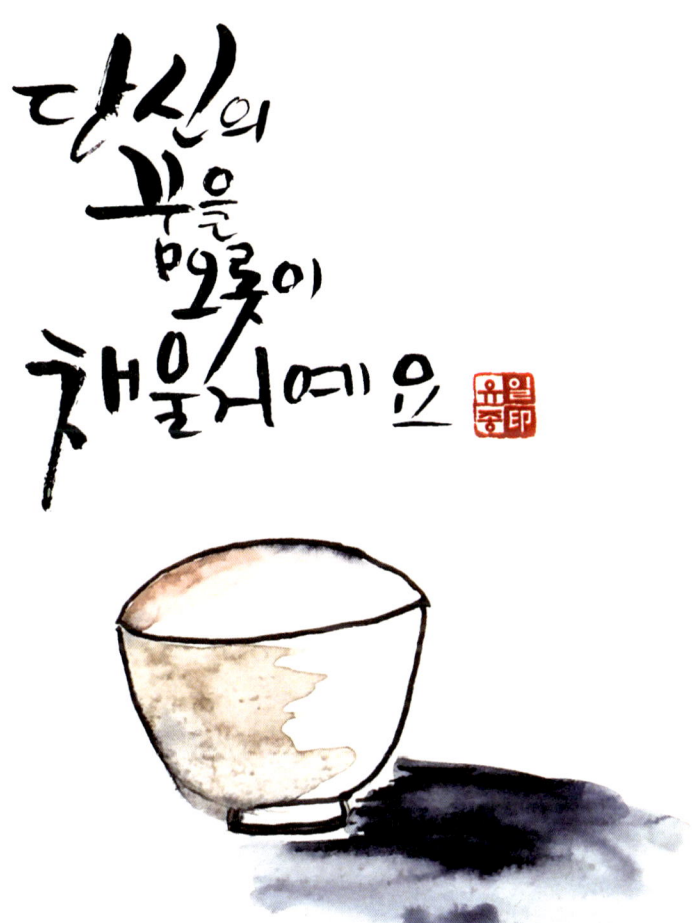

유리항아리 속의 비밀

푸른 매실 속으로
햇살이 스며든다

떫은 매실은 스르르 몸을 풀고
달콤 짭짤 양념을 받아들이며
삼투압의 고통을 견디는 것이다

유리항아리 속에서
익어가는 매실장아찌
비밀을 알리는 듯 반짝인다

한 점 입에 물면
새콤한 청춘 같은 상큼함이
한껏 성숙했던 그 시절을 불러온다

어머니 솜씨 닮은 여인의 정성에
한여름 새콤달콤 익어가는 매실 장아찌
집 나간 입맛이 돌아오겠다

익어가는
매실 장아찌
새콤한 청춘같은
상큼한 맛

고장난시계가 벽에 걸려있다

벽에 걸린 고장 난 시계
멈췄다고 업신여기지 마라
하루 두 번은 세상을 맞춘다

우리네 삶도 달리기보다
기다림 가운데
빛을 낼 순간이 있다

살갗 몇 군데 상처 입어도
마음만 온전히 지키면
짧은 소통으로 얻는 기쁨도
소중한 보물 같으리

기다림
가운데
박을 낼
속간에 있다

동아리가 있어 좋다

바쁜 일상일수록 휴식이 필요한 거다
한 달에 한 번, 한 주에 한 번
커피 한 잔으로 휴식을 갖는 동아리

같은 취미를 갖고 통하는 대화를 나누며
속 깊이 묻혔던 사연도 풀어놓고
격려하며 위로하는 우리는 정 깊은 동아리

그들을 만나면
마음이 따뜻해지고 편안해진다
외로워지기 쉬운 노년에
더 없이 소중한 정신 보약이다

커피
한잔으로
휴식을갖는
동아리

살아있음에 감사

아침에 잠에서 깨었을 때
한밤을 편히 자고 일어났음에 감사

하루를 건강하게 시작할 수 있음에 감사
녹슬지 않은 정신과 평안을 감사

사랑을 주고받는 화목한 가정과
작지만 도움 주는 삶에 감사

마음이 행복하면
바람 소리는 노래가 되고
나풀거리는 나뭇잎은 춤이 된다

사랑하는 사람들과 함께하는
욕심 없는 하루가 귀하고 감사하다

옷감을 짜듯 맺어진 삶

날줄로 세우고 씨줄로 엮어
갖가지 옷감을 짜듯
사람과 사람의 인연도
서로 엮어 사는 것이리라

사람은 일생을 수많은
인연의 실을 엮으며 산다

얽히지 않고 곱게 맺어진 인연은
어깨를 덮는 따뜻한 옷이 되고
불협화음으로 얽힌 인연은
가슴에 가시로 남아 갈그작거린다

인연을 운명이라고 밀어두지 않고
알곡이 되도록 가꾸며
풍요의 계절을 맞게 되리라

끝내 마지막 남은 한 올까지
인연의 열매를 맺는 노력은
하나의 아름다운 무늬로 남으리

걱정해도 웃음꽃 핀다

사람은 태어날 때부터
걱정하며 사는 존재가 아닐까

울면서 세상에 나와
엄마 젖 찾느라 걱정이고

걸음마 배울 때는
넘어질까 걱정이고

젊어서는 사랑이 떠날까 걱정이고
늙어서는 기억이 떠날까 걱정이다

봄이 오면 꽃이 피듯
걱정 속에도 웃음꽃 피어나 다행 아닌가

걱정이 걱정으로만 이어지면
어떻게 살겠는가

걱정이 있어 긴장하고 힘을 얻고
다시 일어나는 다행의 다른 이름인지도 모른다

오늘도 장대비 걱정으로 하루를 보낸다
내일의 쾌청한 하늘을 기대하면서--

겨설속에도
웃음꽃
핀다

깡통, 왜 찌그러쳐야 하는가?

식사 중이나 식사 후에
시원하게 마신
빈 깡통 찌그러트리지 마라

갈증을 풀어주고
답답한 마음 달래 준 댓가가
무심하고 무정한 손에 찌그러진 얼굴이라

서로 주고받는 정은 아닐지라도
측은지심도 없는가?
재활용의 빛나는 날
얼굴 붉어질 일은 말 것이다

깨를 터는 여인

가을마당 멍석자리
햇살을 등에 지고
깨를 터는 여인의 순박한 자태

손끝에서 여름이 식는다
쏟아지는 깨알, 은빛이 곱고
여인의 마음엔 정이 넘친다

시누이 한 병, 딸네 한 병
맑은 금빛 참기름
입가에 웃음이 감돈다

깨알 같은 지난날들
흘린 땀을 식혀주던 바람
두 팔 벌려 고맙게 맞는다

수끝에서
쏟아지는깨알
여인의
정이넘친다

3부

들국화 향기

당신의 향기는
가을 들판에
청초한 모습으로
외로운 마음, 마음을
달래주는 들국화 향기

당신과 나의 계절에
숨 쉬던 들국화 향이
내 마음 설레게 합니다

사랑하는 여인이여
그대만을 사랑합니다
호흡이 있는 날까지
당신 향기로 숨 쉬며 살지요

사랑하는
여인이여
그대만을
사랑
합니다

노랗게, 붉게 익은 겨울나기

겨울 햇살 노랗게 내려앉은 앞마당
노랗게 살 오른 배추가 쌓인다
아버지의 마음은 무겁고
어머니의 손길은 분주하다

아버지는 땅을 파고 항아리를 묻고
어머니는 소금으로 배추의 숨결을 고른다

갖가지 재료를 섞은 양념으로
노란 속살이 붉게 물들어갈 때
우리 집 겨울도 맛있는 안식에 들어간다

김칫독이 부르는 소리 들리고
하얀 쌀밥 위에 얹힌 김치, 아삭~
웃음과 온기 가득 행복한 겨울나기

김장 하는 날

엄마의 마음을 늘려 담는다

©by. iljong

첫눈

하얀 날개 짓 하며 내리기를 기대 했지요
살며시 내려야 할 첫눈이
물기를 잔뜩 품은 폭설로 내렸습니다
첫눈의 아름다움과 포근함은
폭군의 시샘에 사라졌습니다

사람들의 오가는 발길을 묶어버리고
마음의 고통과 좌절을 안겨준 폭설
여기저기서 깊은 한숨소리가 들려옵니다

첫눈에 대한 기대가 실망으로 마음이 아파옵니다

새끼손가락 고리 걸고 약속한
첫사랑은 내 가슴에
그리움만 남겼습니다

첫사랑은
내 가슴에
그리움만
남겼습니다

눈 내리는 겨울밤

목화솜 같은 눈송이가
벌거벗은 나뭇가지에
사뿐사뿐 내려앉는다

찬바람에 떠는 겨울나무
포근한 솜이불을 덮은 듯
안도의 깊은숨을 몰아쉬고
긴 겨울잠에 든다

차갑고 어두운 세상
작은 몸 하나 누울 곳을 찾는
어린 겨울 아이야!
너의 숨결이 고르지 않구나

눈송이 같은 솜이불이 그리워도
울지 말아라 겨울 아이야!
한겨울 잘 참고 견뎌낸 너에게
따뜻한 봄이 꼭 찾아올 거야

전철 승강장 비둘기

전철 승강장 비둘기 한 쌍
많은 사람들 분주한 발걸음 속에
먹이를 찾아 시멘트 바닥을 종종 거린다

배고팠던 시절이 생각난다
벌이가 되는 일이라면 온 식구가 매달려
물불 가리지 않고 부지런히 살았다

오일장이 서는 날이면
야채나 돈거리가 되는 물건을 팔아
장터국밥을 사주시던 아버지의 따뜻한 정
잊을 수 없는 맛 추억이다

한 톨의 먹이를 쪼기 위해
조심성 없는 발길도 두렵지 않은 비둘기
과자 부스러기를 던져주는 어린애

비둘기에게는 고마운 가족이다

물레길 따라 가면

양수리 물레길이 나를 부른다
연잎은 손을 흔들고
느티나무 가지가 내 어깨를 붙든다

남과 북이 만나는 두 물머리 강물은
오랜만에 만난 친구처럼
다정하게 하나가 된다

푸른빛을 머금은 탁 트인 강물에
회색도시 찌든 때를 씻으며
긴 호흡으로 내장의 욕심을 뱉어 낸다

북한강을 가로지르는 철마의 숨결이
세미원 연꽃을 부르고
연꽃 향은 추억을 싣고 내게로 온다

물레길 끝에서 시간을 붙잡는다
멀어져간 사랑을 만날 수 있을까
홀로 약속을 기대하며 숨을 고른다

양수리
물레길이
나를 부른다

마음 길

숨이 턱에 차도록 언덕길을 오른다
무거운 등짐이라도 진 듯
흐르는 땀이 등줄기를 타고 내린다

유유히 흘러가는 구름아
무거운 마음 짐 나눠지고 가면 어떠랴
두둥실, 네 등에 업혀 가면 더욱 좋으리

글줄이나 써 볼까
머리 쳐 박고 기를 쓰는 밤
길은 보이지 않고 한 소리 들리네

찰랑찰랑 도랑물에 놀지 말고
소리 없이 흐르는 깊은 강물 길을 걸어라

어머니의 등불

가로등 없는 겨울밤
온통 어둠뿐이던 길 끝에서
조그만 불빛이 떨며 나를 불렀습니다

찬바람에 얼어붙은 손
흔들리는 그 작은 등불이
내 마음까지 환히 밝혔지요

손을 잡고 울먹이는 내게
난 괜찮다, 미소로 달래주시던
자애로운 어머니,
겨울이 순해졌습니다

그때 어둠 속에서 만난 그 불빛은
세월이 흘러도 꺼지지 않고
길 잃을 때마다 내 길을 비춰줍니다

늦은 사랑

꿈 많던 소년 시절
나는 너를 사랑했다
마음 깊이 품고
오래도록 행복했었지

깊은 사랑을 주고 아끼고 싶어
가까이 다가가면
안개 덮인 듯 보이지 않았지

잊지 못하는 늦어진 시詩사랑
너를 예쁘게 가꾸고 싶어
하얀 백지 위로 너를 부른다

늦어진 사랑
너를 예쁘게
가꾸고 싶어

어머니 무쇠솥

저녁나절 엄마의 부엌
솥뚜껑 여닫는 소리
구수한 밥 냄새 가슴속까지 스민다

배고픔도 하루의 고단함도
그 순간만큼은
따뜻한 행복에 젖는다

고향집 무쇠 솥에는
밥 냄새 그대로 남아 아직도
어머니의 손맛이 구수하다

부모님을 생각하며

굽은 허리 축 처진 어깨
초점 잃은 흐린 눈빛으로
먼 산을 바라보시는 어머니

할 말이 있어도 입술만 달싹달싹
이내 말을 삼키고 돌아서는 모습
한평생 자식을 위한 희생도 모자라
자식 눈치까지 봐야 하는 노년

자식들 평안하고 화목하기만 바라며
고단한 날들도 다 잊은 듯
깊은 주름 사이로 번지는 웃음이 고왔지

지난날을 돌아보면 후회할 일 많지만
부모님 마음 헤아리지 못한 것이
생각할수록 가장 가슴 아픈 일이다

어머니 홍시

붉은 저녁노을 바라보니
어머니 홍시 생각난다

소쿠리 가득 담아놓은 홍시
한 입도 안 드시고 갈무린 마음
자식들 달달함이 어머니 기쁨이다

홍시보다 더 붉은 정성으로
아들딸 길러낸 어머니
그 정성 발끝에도 못 닿는 우리는
두고두고 떫은 땡감이다

자식들 달달함이
어머님
기쁨이다

그대 있어

그대의 맑은 음성이
아침 종소리 들려온다

내 마음에 어둠이 걷히고
밝은 눈에 세상이 뚜렷하게 보인다

그대 있어
오늘도 빛난다

4부

낙엽의 길

가을 옷 갈아입은 나뭇잎
바람이 흔들면
대책 없이 떠나야 한다

가는 곳이 어디인가
바람이 이끄는 대로
저항하지 못하고 굴러간다

산자락이나 길모퉁이에 모여
바스락바스락 고향 이야기
달밤도 별밤도 외롭지 않구나

헤어진 친구들은 어디 있을까
풀벌레 소리도 끊기고
저물어가는 가을 길을 걸으며
외로움 달래 본다

저무는 계절 앞에서

거친 세월을 이겨내던
뜨거웠던 젊음도
하늘 끝 구름 속에 묻혔다

쉼을 모르고 가쁘게
계절을 잊고 거친 길을 달렸는데
어느새 황혼의 길목에 섰네

흩어지는 먼지들이 햇살에 비치듯
지나온 기억들이 떠오르고
살아온 흔적들이 그림자처럼 움직인다

저물어가는 계절의 끝에서
나는 지금 어디쯤 서성이고 있는가
다시 한 번 꿈을 좇아
한 마리 새가 되어 날 수 있을까?

떨어지는 나뭇잎을 보며

어젯날의 노동으로 늦잠에서 깬 여덟시
친구의 부음 들었다
순간 가슴이 쿵 하는 소리가 들렸다
살갗이 오그라드는 듯 오싹했다

소주잔을 기울이며 웃고 떠들다 헤어진 게 몇일전
아들딸 걱정, 손주들 자랑, 아내 흉까지
밤늦도록 헤어지기 싫다고 붙잡고 늘어지더니~~
나는 오늘 가을바람에 흔들리는 나뭇잎이 되었다

죽음을 앞에 두고 얼마나 무서웠을까
그의 마지막을 생각하며
홀로 왔다가 홀로 가는 인간의 외로운 생을 깨닫는다

거스를 수 없는 이별 앞에 그의 이름을 부르며
마음속에 새겨진 우리들의 아름다운 우정을
언제나 추억할 수 있다는 위안을 받는다
허공으로 날아간 가을 잎새여
부디 고요한 숲에 내려앉아 편히 쉬어가라

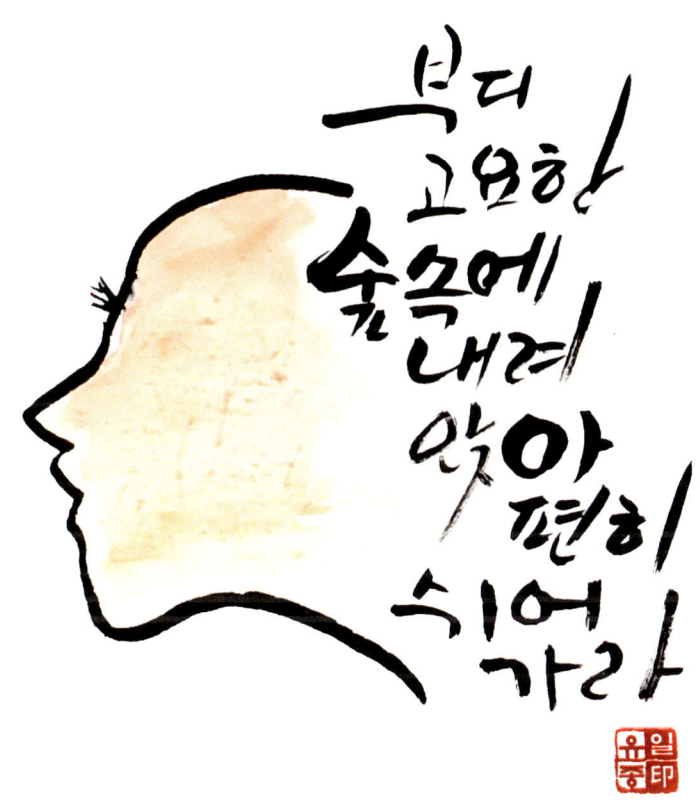

부디
고요한
숲 속에 내려
앉아 편히
쉬어
가라

87

가을맞이

삼복의 열기 속
태양은 가을의 속성을 위해
마지막 붉은 정열을 쏟는다
짧은 가을과 긴 겨울 사이
다시 만날 약속의 빛을 뿌린다

뿌린 대로 거두라는 충고는
가을 서리처럼 차갑고
계절은 서서히 바뀌어 간다

세월이 모진 차돌이 되어
곳곳에 깊은 생채기를 남기지만
가을 들녘에 서서 위로를 받는다

여름내 무거웠던 마음
가을바람에 날려 보내고
시원하게 가을을 보내련다

가을
들녘에
서서
위로를 받는다

가을비

온종일 비가 내린다
빗물에 떠내려간 낙엽은 길가에 몰려
구둣발에 밟힐까 두려워 떨고 있다

밭일을 접은 나는 창가에 앉아
시 한 편 써보려고 해도
시상이 떠오르지 않아 안타깝다

아내의 눈길은
마당 한쪽 배추밭을 지켜보며
빗물에 젖은 어린 배추 걱정이 깊다

언제쯤 하늘이 열릴까
가을비는 농부의 타는 속을 모른채
종일 추적추적 내리고 있다

가을비는
농부의
속을
모른채
내린다

어느 가을의 예쁜 추억

가을의 끝자락 바람이 좋아
저녁 강가에서 한가함을 즐긴다

노을빛에 볼 붉은 얼굴
소녀의 떠나는 발걸음 소리
귓가에 생생하게 들린다

떨어지는 꽃잎 같은 여린 모습
불러도 돌아보지 않은 것은
눈물을 보이기 싫었을 거야

해지는 저녁 강가에 서서
강물에 실려 보낸 소녀의 사연
무슨 일인가 들었어야 했는데
끝내 말 못 한 아쉬운 이별
가을 향기 나는 예쁜 추억

해지는 저녁
강가에서서
강물에
실려보낸
소녀의 사연

쉼을 얻는 가을날

여름 노동으로 눌렸던 육체에
가을 신선한 숨결이 찾아왔다

한 잎 두 잎 떨어지는 낙엽은
먼 데서 오는 소식인 듯 반갑고

얼굴에 닿는 햇살은
소꿉동무 손끝처럼 간지럽다

가을의 노을빛은 맑고 붉어
하루의 고단을 씻어주고
포근한 이불처럼 마음을 감싼다

한겨울 추위도 이겨낼
여유가 발끝까지 흐른다

쉼을얻는
가을날

하루의
고단함을
씻어주고
포근한마음
가꾼다

부르고 싶은 이름

가을 서리 내리면
떠나간 그 사람의 자리가
먼저 떠오른다

너를 기다리는 들꽃은
빛을 잃어가고
네 이름 모르는 바람은
내 등을 스치고 무심히 지나간다

깊어가는 적막한 밤은
별빛조차 빛을 잃고
내 안의 작은 바람만이
조용히 너를 불러본다

떠나간 그사람의
자리가
떠오른다
너를 기다리는
들꽃은
빛을 잃어가고

12월의 끝자락에 서서

뒤돌아볼 새도 없이 달려온 한해
초고속 열차를 타고 여행을 했다고 할까?

눈 속에 매화가 피어나고
봄이 왔구나, 일어나 기지개 켜고 창문을 열면
꽃구경할 새도 없이 봄은 가고
여름이 땀을 뻘뻘 흘리며 무법자처럼 쳐 들어온다
나도 덩달아 숨 가쁜 시간 속에 빨려들어 간다

가을은 생각이 깊어지는 계절
갈대가 되고 싶어 길을 찾아보려고 한다
마음까지 한가로워지는 완행열차를 타고
차창 밖 뒤로 가는 가을빛 보며
느림의 삶을 배워보고 싶은 것이다

늙은 소나무

낭떠러지 바위를 딛고 선
흰 눈에 덮인 늙은 소나무를 본다
흰 머리카락 노년을 맞은 나를 본다

수백 년 소나무 욕심은 아니지만
꿈 많던 시절에 대해 아쉬움이 많다
아름답고 푸르른 추억을 떠올리며
노을 진 창가에서 젊음을 노래하던
친구들 이름을 불러 모은다

나뭇가지에 새싹이 돋고 꽃이 피듯
자연의 순환에 적응하며
마음을 푸르게 생각을 젊게
다시 한 시대를 살아보는 거야
눈은 녹아내리고 따스한 봄바람은
다시 불어오리라

모기의 항변

난 모기가 정말 싫다고 외쳤다
참을 수 없던 밤 모기와의 전쟁을 선포했다
모기가 항변을 펼쳤다

나는 네가 좋아
목숨 걸고 따라다녔는데
피 몇 방울쯤 나눠 줄 수 있잖아

조금 따갑다고
손바닥으로 내리 치더니
파리채 들고 위협하고
홈키퍼로 숨통을 막더라

그래도 옛날엔 낭만이 있었어
모기향이나 풀 모깃불로
한숨쯤은 살려 보냈잖아

이제는 전기 고문이라니
너무하지 않은가
상해죄로 고소하고 싶은 심정이다

나도 먹이사슬 어디쯤 있어야 하는 존재
한 방울 피 때문에
피 터지게 싸우지 말자

그 아까운 피 소진되면
우리 모두 죽음뿐이지
결국 너도 나도
피 한 방울로 살아가잖아

남은 한 장의 시간

달력의 마지막 한 장
외로이 벽에 매달려 있다
누가 보아도
쓸쓸한 마음일 것이다

세월에 장사 없다더니
나도 모르게 힘이 빠져 있다

한 장씩 넘겨온 날들
웃음으로, 눈물로 채워진
삼백여 날이
꽃잎처럼 지고
바람처럼 흔적 없이 흘러갔다

이제 남은 한 장 위에
그리운 이야기 하나
아름다운 추억 하나
조용히 써 내려가야 겠다

숨 가쁘게 지나온 시간을
잠시 멈춰 되돌아본다

빛바랜 추억

묵은 앨범 뒤적여본다
풋풋한 얼굴들이 반갑게 맞아준다

지난날의 조각들이 하나 둘
퍼즐처럼 맞춰지며
되살아나는 추억들
주름진 웃음이 입가를 맴돈다

추억은 아름다운 그리움
힘든 일도 많았던 옛날을 회상하니
쓸쓸하기도 하지만 정겨운 행복이다

젊었을적 사진을 아내에게 보여 준다
어떤 영화배우 같다고 추켜세우는
후한 인심이 싫지 않은 빛바랜 추억여행
웃음 넘치는 겨울밤이 따뜻하다

가을의 등불

숲속이 고요하다
숨 가빴던 여름을 돌아보며
곱게 물들어가는 잎새가
유려한 손길로 가을을 그린다

느긋한 햇살을 모아
조용히 등불을 밝혀 들고
계절의 길을 밝히려나 보다

느긋한
햇살모아
조용히
등불을 밝혀
들고

갈대

한겨울의 포근한 햇살이 좋아
북한강 두물머리에서 갈대를 만난다

가을바람에 그리 흔들리더니
속을 비우고 꼿꼿이 서서

차가운 겨울을 울며 울며
토해내는 모습 아름다워라

한 해살이 풀을 보고 깨닫는다
백 살을 살겠다는 사람아
목을 빼고 곧게 서서 숨차게 살지 마라

잘못 먹은 밥 토해내고 속 편히 살자
하늘 보기 부끄럽지 않은 인간이 되자

바람이 머문 자리

겨울 문틈으로
바람이 스민다

차가운 숨 하나
내 마음에 머문다

잊고 지내는 것들이
그 바람에
조용히 떠오른다

유일종 시인의 시세계

- 사소한 일상의 시적 정화(淨化) -

머리말

요즈음 같은 시대에 시인이 필요한가. 이 추운 겨울에 유일종 시인의 시를 읽으며 사회를 향해 던지는 질문이다. 시인 추방론을 주장한 플라톤의 정치 우선 주의에 대한 고찰이기도 하다. 달리 표현하면 과연 이 시대에도 시인을 추방해야 한다는 플라톤의 주장은 유효한가다.

TV가 없으면 좋겠다는 항담巷談이 오늘이 세태를 반영한다. 새 소식이라 하는 뉴스가 보기도 싫고 듣기도 싫은 정치판으로 일관되기 때문이다. 정치인이 낯 두꺼운 행태가 정치 혐오증을 일으킨 결과다. 그러다 보니 청량제와 같이 신선한 스포츠에 관심을 기울인다. 각본에 따라 진행하는 약속이 아니라 그때그때의 상황에 따라 극적인 장면을 연출해내기 때문에 너도나도 스포츠에 빠져든다. 그래서 거부감 없이 스포츠뉴스를 본다. 문제는 뉴스가 진행되는 동안 계속 스포츠

관련 소식을 자막으로 띄운다는 점이다. 선수의 이적, 연봉은 물론 게임이 결과까지 반복해서 내보낸다. 그렇게 자막으로 띄울 새로운 소식이 없을까?

노벨 문학상 수상으로 한국의 문학은 세계적인 위상으로 올랐다. 물론 그 전에도 우리나라 문인들이 세계 무대에서 노벨상에 준하는 각종 문학상을 수상하여 이미 세계적인 주목을 받고 있었다. 우리나라 문학작품이 세계 독자의 읽을거리로 등장한 것도 그 무렵이며 각종 매체에서도 신선한 뉴스로 보도되는 상황이었다. 그런데 세계 무대의 주연으로 활동하고 있는 문학계 소식이나 독서 관련 정보는 장마철 구름 낀 하늘의 햇살만큼이나 뜸하다.

스포츠에 편향된 스포츠 천국임에도 불구하고 지하철역에 게시된 시, 산이나 도심 곳곳에서 쉽게 만나는 시들이 마음을 흐뭇하게 한다. 문인의 활동이 끼리끼리의 취미활동이 아니라는 증거라서 위안을 받는다. 그런 중에 무엇보다도 바람직한 것은 가정과 국가를 위해 젊음을 소진하고 뒷전으로 물러난 원로들이 제2의 삶을 문학에서 찾은 이들이 많다는 점이다. 음악, 미술, 등산, 운동 등 다양한 방면의 취미활동이 있으니 고행이 따르는 글쓰기에 발을 딛는 분들을 보면 그렇게 반갑고 정겨울 수가 없다. 스포츠 뉴스 자막만이 아니라 새로 등단한 원로들의 활동도 자막으로 올리고 신간 책자와 작가의 활동도 소개하여 독서 인구 확충에 힘을 기울여야 한다. 청소년들이 너나없이 연예인이나 운동선수가 되겠다며 책을 멀리하는 현상을 한탄할 일이 아니다. 사회 원로들이 책을 읽으며 시를 쓰는 모습을 스포츠 뉴스처럼 소개하고 자막에 올린다면 우리 사회는 더 아름다운 다양한 문화강국이 될 것이다.

을씨년스럽다는 을사년을 힘겹게 보내고 햇살이 밝은 병오년을 맞아 플라톤의 '시인 추방론'을 추방할 반가운 시인을 만나 차가운 정월을 훈훈하게 보낼 수 있었다. 유일종 시인의 시와 캘러그라피의 만남, 『우리들은 땡감이다』를 읽었기 때문이다. 유일종 시인은 공직에서 물러난 후 다양한 방면에서 활동하다가 시인의 길로 접어들었다. 선배 시인을 만나 시를 공부하고 시인으로 등단한 '서정시인'이라서 작품 세계를 순편한 감동과 성찰의 교훈으로 전개했다.

누구에게나 통용되는 서정시인을 군이 강조하여 지칭하는 것은 생활 주변에서 쉽게 만날 수 있는 일상의 소재를 시화(詩化)하여 서정적으로 담아냈기 때문이다. 더구나 사회의 원로로서 다양한 세상살이의 경험을 꾸미지 않고 순수한 정감으로 표현한 것이 눈에 띈다. 사물을 향한 시선이 거칠거나 모나지 않고 시적 화자의 부드러운 목소리로 표현하여 시인의 온화한 품성이 드러나 있다. 특히 4부로 나눈 62편의 시들이 소녀적 정서를 불러일으키기 쉬운 소재라서 시를 읽을수록 정감의 깊이가 더해진다. 비유나 상징 등의 시적 기교보다 주술관계가 정확하게 드러나는 직서적 문장이라서 누구나 시의 의미에 쉽게 빠져들게 한다.

시인을 추방해야 한다는 플라톤의 궤변은 독재를 위한 불순한 주장이다. 사회 원로일수록 플라톤의 이론에 반기를 드는 용기 있는 시인이야 한다. 유일종 시인의 첫 시집 시와 캘러그라피의 만남, 『우리들은 땡감이다』을 읽으며 우리 사회가 한층 순수해질 수 있는 느낌이 든 것은 사회의 한 축으로 활동한 경험을 바탕으로 이 사회를 향한 지혜의 목소리가 있기 때문이다.

1. 서시

세상에 태어나 한평생을 의미 있게 살려면 무엇을 할 것인가에 대한 확실한 답이 있어야 한다. 청소년기가 삶의 방향을 좌우하는 탐색기라면 나침반과 같이 방향을 제시해 주는 것은 적성과 취미다. 의사의 이직 희망률이 높은 편에 속한다는 통계는 사회적 예우나 금전적 보상이 삶의 질에 절대적 영향이 아니라는 것을 반증한다. 남 부러운 직업군에 있는 사람이 갑자기 길거리에서 포장마차 행상에 나서고, 카페나 식당을 차리는 등의 현상은 어떻게 사는 것이 중요한가를 설명한다,

유일종 시인은 공직에 머물다 퇴직한 후 청소년기에 지녔던 꿈을 찾아 나섰다. 많은 사람이 중장년의 경제활동을 마친 후 제2의 길을 인문학 쪽에서 찾는 현상을 보면 인문학은 경제보다 삶의 질과 관련한 정신적 여유에 관련된 길임이 분명하다. 다른 영역보다 문학의 길에 들어선 동기도 있지만 쉽게 선택하기 어려운 시인의 길에 들어선 것은 크게 환영할 일이다.

시는 짧은 글 속에 심오한 감동과 교훈 등을 담아내기 위해 고뇌하고 번민하는 고통을 감수해야 한다. 시인의 길에 들어선 사람은 저마다 큰 용기가 필요한 것도 그 때문이다. 바람직한 것은 유일종 시인처럼 청소년기부터 가슴앓이와 같이 품은 꿈이 있었다면 제2의 인생길은 수월하다. 그 여정은 서시로 밝힌 〈늦은 사랑〉에 예고되어 있어 4부로 구성된 62편의 시를 감상하는 길잡이 역할을 하는 서시로 소개한다. 문학 소년의 꿈이 제2의 삶을 열어주는 윤활유 역할을 하기 때문이다,

꿈 많던 소년 시절

나는 너를 사랑했다

마음 깊이 품고

오래도록 행복했었지

깊은 사랑을 주고 아끼고 싶어

가까이 다가가면

안개 덮인 듯 보이지 않았지

잊지 못하는 늦어진 사랑

너를 예쁘게 가꾸고 싶어

하얀 백지 위로 너를 부른다

- <늦은 사랑> 전문

　시는 시인이 언제 어디서 무엇을 했는지 전혀 모르는 상태에서 읽어야 순수하게 감상할 수 있다. 친밀하게 잘 알고 있는 사람의 시를 읽으면 선입견이 더해져 시 세계의 순수성이 가려지기 쉽다. 유일종 시인과의 만남, 그것은 원고를 건네받을 때가 초면이라서 원숙한 학자와 같은 외모, 인생을 깊게 살아온 철학이 있는 분이라는 것 외에 아무것도 모르는 상태에서 시를 읽었다. 그중 눈에 띈 <늦은 사랑>이 절절한 짝사랑의 연애담과 같은 내밀한 세계로 끌어들여 시의 맛을 더했다. '하얀 백지 위로 너를 부른다'는 월광 소나타와 같은 음률이 평생 식지 않는 사랑의 열기로 지녀 왔음을 고백하는 시구가 이 시집 감상의 길라잡이 역할을 한다. '시와 캘러그라피의 만남'『우리들은 탱감이다』의 시집으로 결정結晶을 이룬 일종 시인께 박수를 보내며 그의 시세계에 빠져 본다.

1부 작은 것들의 사회적 의미

유일종 시인은 일상의 사소한 것들이 모두 시다. 인생을 많이 살아오신 경험이 지혜로 쌓인 탓인지 시 아닌 것들이 없다. 특히 1부의 17편에는 꽃들의 세상을 열었다. 그것도 화려하게 미모를 뽐내는 우쭐한 꽃이 아니라 눈길을 주지 않으면 존재감조차 미미한 잡초에 이르기까지 봄의 쟁반에 소담하게 담아낸 꽃밭이다. 굳이 꽃꽂이를 하지 않아도 그 자체만으로 하나의 작은 우주를 연 생명체로서의 꽃들이 유일종 시인의 망막에 잡혀 시학적 지각으로 재생된다. 〈늦은 사랑〉도 유년의 아린 추억을 되살려낸 작은 것들에 대한 사랑이다. 화려하지 않게 수수한 자연으로서의 꽃들이기에 호박꽃, 냉이, 민들레, 채송화가 더 사랑스럽게 각인되었으리라. 그래서일까, 연약한 것들에 대한 사랑은 연민이 아닌 생래적(生來的) 본의였음이 드러난다.

아스팔트를 녹일 듯
화덕처럼 뜨거운 열기
향방 없는 발걸음 휘청 거린다

쉴 곳을 찾지 못한 목마른 군상들
초점 없는 눈은 허공을 헤매고
가로수 나뭇잎은 어깨를 늘어뜨린다

그늘을 찾아야 한다고 외치는 소리
아무도 그늘이 되어줄 사람이 없다
어디선가 부르는 소리, 귀 기울인다

산자락에 우뚝한 굴참나무
복잡한 도시를 피해 자리 잡은 곳
누군가에게 그늘이 되어주는 나무
나도 어디선가 그늘이 되어야 하기에
나무 아래 앉아본다

- <나무그늘> 전문

　시상의 전개가 탄탄하다. 선경후정의 정서가 원경에서 근경으로
좁혀져 시적 대상에 대한 집중도를 이루었다. 기승전결에 의한 시상
의 전개가 '~ㄴ다'의 현재 진행형으로 전개되어 현장감 있는 장면들
이 시선을 끈다.
　이 시는 '나도 어디선가 그늘이 되어야 하기에/ 나무 아래 앉아본
다'의 의미로 압축된다. 기승전의 3연에서 전개되는 현상을 통해 자
아를 발견한 시심이 곧 누군가에게 그늘이 되어주어야 한다는 소명의
발현으로 발현된 것이다. 이 다짐은 결국 독자를 향한 외침이다. 누군
가에게 서로의 그늘이 되어준다면 이 사회는 아름다운 세상이 되지
않을까 하는 사회의식인 것이다. 한 편의 시를 통해 자아의식을 드러
내고 사회를 정화하려는 노력이 곧 시를 쓰는 이유다. 여린 목소리의
깨달음, 자의식의 사회적 확산이 나무의 그늘로 확산되기를 기원하는

마음이 아름답다. 그 의식은 또 하나의 장면으로 변이되어 나타난다.

복잡한 지하철에 몸을 싣는다
앞자리 앉은 여인이 화장을 한다
눈길 둘 곳 몰라
휴대폰에 눈을 돌린다

출근 시간에 쫓겨
화장할 시간조차 없는 여자
달리는 지하철 안에서
오늘의 자신을 만들어 간다

많은 시선이 따가운가?
그녀는 고개를 숙인다
단풍잎처럼 붉어진 얼굴에
멋쩍은 웃음을 숨긴다

그 웃음으로 하루를 열어
내일은 꽃송이로 피어나기를...

- <내일은 꽃으로 피어나라> 전문

'선생은 있어도 스승은 없고, 어른은 있어도 어른다운 어른이 없다'
는 속설을 생각케 하는 시다. 도덕 윤리 시간에 충효를 배운 세대의 시선으로는 차마 눈 뜨고 볼 수 없는 정경들이 곳곳에서 일어난다. 그들의 자유, 특히 표현이 자유라는 말로 포장해버리는 예의와 질서는 이미 고사성어로 변질되었다. 누구에게 잘 보이기 위해서 그 숨막히는 전철 속에서 30여 분 동안 눈을 까발리며 화장을 해대는지 염치와 체면은 이미 남의 일이다. 이를 지적해 주고 싶지만 차마 망설임으로 혀를 차는 안타까움이 곳곳에 나타나 있다.

'요즈음 젊은 것들은'

이 말은 고대 그리스 아테네 시대에도 있었고 조선 시대에도 있었다. 그 '요즈음 것들'로 폄하하던 이들이 사회를 이끌어가는 역군이고 보면 나무랄 수도 없는 일이다. 오죽하면 차 속에서 화장을 할까. 문제는 상습적이라는 점이다. 자기 관리는 부지런해야 하는데 그렇지 못하다는 인식이 못마땅해 보이는 것이다. 출근 시간에 쫓겨 화장조차 하지 못하고 집을 나선 여인의 일상은 동정해야 마땅하나 예와 의에 철저한 이들의 눈에는 거슬려 보일 수밖에 없다. 그래서 유일종 시인은 시로 교훈한다. 그것도 꼰대적 잔소리가 아니라 〈내일은 꽃으로 피어나라〉는 축원으로 깨달음을 준다. 화장녀 뿐만 아니라 모든 여성에게 지성인으로서 최소한의 예를 지키라는 교훈인 것이다.

"출근 시간에 쫓겨/ 화장할 시간조차 없는 여자/ 달리는 지하철 안에서/ 오늘의 자신을 만들어 간다"는 진술 속에는 상당한 의미가 깃들어 있다. '오늘의 자신'이 어떤 인간형인가의 질문이다. 나와 같은 사무실에 근무하는 동료에게 잘 보이기 위해 그 많은 승객 앞에서 어색한 몸짓을 해야 하는 것이 참된 자신인가에 대한 성찰을 요구하는 것이다. 그 진정성은 3연에 나타나 있다. "많은 시선이 따가운가?/ 그녀는 고개를 숙인다/ 단풍잎처럼 붉어진 얼굴에/ 멋쩍은 웃음을 숨긴다"

'단풍처럼 붉어진 얼굴'이 귀여운 느낌마저 든다. 그래서 "그 웃음
으로 하루를 열어/ 내일은 꽃송이로 피어나기를" 기원한다. 시로 사
회에 어른다운 스승의 역할을 한 것이다.

아침 청소를 한다
구석구석 먼지를 털고
책상을 닦고 서랍을 정리하고
방바닥을 쓸고 닦는다

긴장을 풀고 의자에 앉아
눈을 감고 명상에 젖어든다
맑은 마음을 부른다

햇살이 유리창을 넘어온다
숨길 수 없는 순간이다
동동 떠다니는 먼지 알갱이
착각 속에 살아온 날들이 보인다

나는 아니라고
청결을 외쳤던 날들을 떠올린다
햇살에게 고맙다고 머리 숙인다

– <햇살에게> 전문

깨달음은 좌선과 묵념만으로 이루어지는 것은 아니다. 큰 스승의 가르침이나 설교 법문을 들어야만 이루어지는 것도 아니다. 소동파가 자연의 소리를 듣고 깨달은 '무정설법'과 같이 시냇물 소리나 낙엽을 통해 오묘한 진리를 깨달았듯이 후생들도 미미한 존재에서 깨달음을 얻는 혜안이 있는 것이다. 유일종 시인은 햇살에 비친 먼지를 통해 자신의 존재를 확인한다. 청소하다가 발견한 먼지, 먼지의 존재를 확인케 하는 햇살, 그 단순한 일상속에서 착각처럼 살아온 날들을 발견하는 행위는 무정설법의 현실적 발현이다.

자기 자신은 청결하다고 숱하게 외치며 살아온 날들에 대한 성찰이 시를 통해 고백하는 반성이다. 그래서 "햇살에게 고맙다"고 머리 숙이는 겸손한 인간미를 드러낸다. 전철 속에서 화장하는 출근녀의 일상을 〈내일은 꽃으로 피어나라〉고 축원할 수 있는 것도 그런 성찰의 연륜이 있기 때문이다. 그래서 어른스러운 어른의 위상을 보일 수 있는 것이다. 세상 사람들이 모두가 이런 마음을 간직하려면 당연히 시를 써야 한다. 시심(詩心)은 순전하고 정결하고 아름다운 것이다. 그 결정적 행위는 〈감나무 가지치기〉에서 나타난다.

"전략 - 감나무 이발사가 되어 사다리를 오른다/ 허리도 뻐근하고 몇 군데 긁히기도 했지만/파란 초겨울 하늘 아래 말쑥해진 감나무/ - 중략- / 감나무 겨울나기도 가뿐하겠다 -후략 -"

세상일은 가지치기처럼 자를 건 잘라 내야 후련하고 시원하다. 서로가 얽혀 피해주지 않도록 자신을 가다듬어야 하고 스스로 처리하지 못할 때는 이웃이 서로가 스승이 되는 상보적 관계가 되어야 한다. 내 이웃이 튼실하여 쓰다듬어 주고 싶은 세상을 만들어 보려는 사회적 의미가 잘 나타나 있다.

2부 시로 담아낸 삶의 여정

　글은 곧 그 사람이라 했다. 글쓴이의 나이, 직업, 생활상, 성격 등 삶
의 여정이 드러나 있기 때문이다. 서시로 제시한 〈늦은 사랑〉이 늦은
나이에 시를 쓰게 된 이유의 제시라면 2부에서는 그 구체적인 과정
을 곳곳에 드러냈다. 유일종 시인의 내면이 독자 앞에 밝혀지는 작품
이라서 일견 수필을 읽는 느낌의 서사적인 내용이 담겨 있다. 순탄한
길이었는지 고단한 길이었는지 굳이 밝히지 않아도 시에 내재해 있
는 의미는 독자에게 그대로 전달된다. 그래서 글은 곧 그 사람이라는
등식이 성립된다.

　　　살아온 길을 돌아보니
　　　순탄한 길보다 굴곡진 길 많았네
　　　오르막길 부주의로 미끄러지며
　　　숨 가쁘게 칠십 고개 넘었다

　　　순리를 터득 못해 설익은 길
　　　제한 속도 지키며 좌우를 돌아보며
　　　서두르지 말자고 마음 다진다

　　　사랑하는 아들아
　　　넉넉한 마음으로 여유를 부리고
　　　느림으로 뒤따라감도 괜찮을 것 같네

　　　- 〈인생드라이브〉 전문

칠순 넘은 나이에 되돌아보는 인생길은 어떤 여정이었을까. 숨 가쁘게 넘은 칠십 고개는 "순탄한 길보다 굴곡진 길 많았네"라는 아쉬움의 성찰이 담겨 있다. 그것도 "오르막길 부주의로 미끄러지며/ 숨 가쁘게" 넘었다고 회고했다. 그래서 2연에서는 "순리를 터득 못해 설익은 길/ 제한 속도 지키며 좌우를 돌아보며/ 서두르지 말자고 마음 다진다"며 살아온 날들을 복기하고 다가올 날들에 대한 다짐도 밝힌다. 사는 동안 깨달은 성찰의 지혜다. 그 교훈을 혼자 간직할 수 없어 '아들'을 부른다. 사랑하는 아들은 세상 모든 이에 대한 대유(代喩)다.

"넉넉한 마음으로 여유를 부리고/ 느림으로 뒤따라감도 괜찮을 것 같다는 깨달음을 세상에 전하고 싶은 것이다. 시인의 사회적 의식이 작품마다 분명히 드러나 있어 의미가 화장된다.

굽은 내 등에 짐이 버겁다
하나도 아니고 둘도 아니고
자고 일어나면 기다리는 짐

원망, 걱정, 짜증 모든 것
떨쳐 버릴 수 없는 마음의 짐
지나고 생각해 보니 귀한 선물이었어

사랑을 알고 용서도 알고
겸손과 인내와 기쁨까지 알았다
내 삶을 감당하게 하는 힘이 되었어
오늘도 최선을 다해

등에 지고 가련다

- 〈등짐〉 전문

　예전에는 등짐을 봇짐이라 했다. 보따리에 싸든 짐을 지고 보부상(褓負商)처럼 고생하며 살던 시절에는 '내 인생 내 등에 지고'라는 말이 '보릿고개'와 함께 어려움을 대신한 말이었다. 이제는 경제 상황이 나아져 용어도 등짐으로 바뀌었으나 힘든 상황을 나타내기는 마찬가지다. 다만 등짐을 지는 자세의 변화가 긍정적이라는 데 의미가 있다. 나이가 들면 들수록 등짐도 늘어나고 하나를 해결하면 또 다른 어려움이 겹치는 게 인생살이다. 전술한 〈인생드라이브〉의 속편과 같은 느낌으로 전개된 시상이 "굽은 내 등에 짐이 버겁다"는 진술로 만만치 않은 삶을 상징했다. 그것도 어느새 굽어버린 등이 아픔으로 강도强度를 더한다.

　"하나도 아니고 둘도 아니고/ 자고 일어나면 기다리는 짐" 그것은 2연에서 "원망, 걱정, 짜증 모든 것/ 떨쳐 버릴 수 없는 마음의 짐"으로 구체화 되어 나타난다. 갈수록 힘든 삶, 그러니 "지니고 생각해 보니 귀한 선물이었어"라는 진술이 독자를 편안하게 한다. 삶을 달관한 신선 같은 경지에 이른 듯 그 어려운 짐들이 선물이었다는 깨달음으로 삶을 긍정한 것이다. 그래서 원망, 짜증, 걱정이 사랑과 용서와 겸손과 인내로 인한 기쁨으로 바뀌어 "삶을 감당하게 하는 힘이 되었"다고 고백한다. 그 진솔한 고백으로 "오늘도 최선을 다해/ 등에 지고 가련다"는 여유가 유일종 시인 자신을 향한 다짐이자 그렇게 살아야 하는 세인世人을 향한 축복이기도 하다.

뽀얀 사기그릇 깨끗이 닦아
내일 아침 따뜻한 햇살을
소복이 담아 당신께 드릴게요

손끝으로 이룬 수고와
갓 지은 쌀밥 같은
당신의 따뜻한 마음 담을게요

차가운 새벽바람도 마다 않고
잔잔한 웃음으로 하루를 시작하는
당신의 꿈을 오롯이 채울 거예요

- <아름다운 그릇>

소녀적 감성이 물씬 풍겨나는 음악이다. 이 시에 곡을 붙여 노래로 부르면 시청각적 감상으로 배가되어 독자의 심금을 울리리라. 시적 화자를 여성으로 상정하여 부드럽고 정겨운 목소리로 시상을 전개하지만 실상은 유일종 시인이 자신의 목소리로 진술하는 1인칭 주인공 시점의 고백체 문장이다. 그래서 시의 진솔성과 순수한 정감이 크게 살아난다. 다만 '당신'의 정체가 누구인가에 관심이 쏠린다. "아침 따뜻한 햇살을/ 소복이 담아"드릴 당신, "갓 지은 쌀밥 같은" 따뜻한 마음을 지닌 당신의 정체가 독자의 호기심을 자극한다.

분명 등짐을 지고 살아오는 동안 어려움을 같이 한 아내에게 바치는 송가다. "차가운 새벽바람도 마다 않고/ 잔잔한 웃음으로 하루를 시작하는" 아내에게 고마움을 표현하기 위해 그런 "당신의 꿈을 오롯이 채울 거예요"라는 여성적 어조로 〈아름다운 그릇〉을 채운다. 아무리 세상이 어려워도, 등짐이 무거워도 이런 남편의 사랑을 받는 아내라면 세상 살아온 날들을 가득한 기쁨으로 수 놓을 수 있을 것이다.

3부 들국화 향기로 헤쳐온 겨울

2부를 이어 3부에서도 사랑의 소나타를 이어간다. 〈들국화 향기〉로 문을 열어 들국화를 사랑하는 여인으로 의인화하여 연가풍의 시상을 전개한다. "호흡이 있는 날까지/ 당신 향기로 숨 쉬며 살지요"라는 몰입된 사랑의 단계로 가을을 마무리하며 겨울을 준비하는 서정으로 빠져든다.

인생의 사계로 보면 가을을 장년의 마무리로 인식하는 습성 때문에 "가을에는 기도하게 하소서"와 같은 기도의 시가 주류를 이룬다. 그렇듯 유일종 시인도 겨울의 입문에서 가을의 향기를 충분히 노래한 후 황혼기의 겨울 분위기를 연출해낸다. 그래서 〈노랗게. 붉게 익은 겨울나기〉라는 기상천외의 시제詩題로 가을과 겨울이 겹치는 오버랩의 정경을 아버지와 어머니에 대입하여 겨울을 맞는다. 절대 우울한 겨울일 수 없는 분위기는 들국화 향기가 암시하고 "웃음과 온기 가득 행복한 겨울나기"로 세월의 순리를 시화詩化 해냈다. 〈첫눈〉, 〈눈내리는 겨울밤〉과 같은 시로 첫사랑 같은 분위기를 연출해낸 것이다.

숨이 턱에 차도록 언덕길을 오른다
무거운 등짐이라도 진 듯

흐르는 땀이 등줄기를 타고 내린다

유유히 흘러가는 구름아
무거운 마음 짐 나눠지고 가면 어떠랴
두둥실, 네 등에 업혀 가면 더욱 좋으리

글줄이나 써 볼까
머리 쳐박고 기를 쓰는 밤
길은 보이지 않고 한 소리 들리네

찰랑찰랑 도랑물에 놀지 말고
소리 없이 흐르는 깊은 강물 길을 걸어라

- <마음 길> 전문

서시 <늦은 사랑>을 다시 음미하게 하는 시다. 문학 소년의 꿈은 이루었지만 아직 한 편의 시를 쓰기가 만만치 않음을 고백한 시라서 정겹다. 더구나 내용적 은유가 시의 깊이를 더하여 읽는 재미를 더해준다.

1연과 2연까지 읽으면 등산객의 산오름을 연상케 한다. "숨이 턱에 차도록 언덕길을 오른다"는 전제가 "무거운 등짐이라도 진 듯/ 흐르는 땀이 등줄기를 타고 내린다"는 상황을 불러일으켜 영락없는 등산객의 고뇌를 노래한 시다. 더구나 2연에서 구름에게 나좀 업어가면 어떻겠느냐며 무거운 짐을 나누어 지고 가자고 응석을 부리는 장면이 등산객의 실상을 그대로 떠올리게 한다. 그러나 그 속내는 3연에서 반전을 이룬다. 등산이 아닌 글 쓰는 어려움에 땀을 흘리고 원고지가 숨이 차오르는 언덕길이었음을 알게 한다. 시의 본령에 들어간 것으로 철저한 내용적 은유의 기법을 적용했다.

"글줄이나 써 볼까/ 머리 처박고 기를 쓰는 밤/ 길은 보이지 않고 한 소리 들리네"

시를 써 본 사람은 이 구절에 절대 공감한다. 한 구절을 완성하기 위해 몇 날 며칠을 서성였던가. 시상의 전개를 위해 숱하게 고뇌하고 적절한 시어를 찾기 위해 시간을 뒤척이던 일들이 3연에서 주마등처럼 떠오른다. 그 아픔과 번민은 4연에서 〈마음의 길〉을 걸으라는 자각으로 멋진 해결책을 제시한다.

"찰랑찰랑 도랑물에 놀지 말고/ 소리 없이 흐르는 깊은 강물 길을 걸어라"

보다 넓은 시 세계를 탐닉하라는 충고, 찰랑거리는 도랑물에서 놀면 찰랑거리는 시상밖에 떠오르지 않으니 깊은 강물에서 깊은 시상을 건져내라는 시 창작의 비방을 제시한 것이다. 한시의 기승전결 기법이 교과서적으로 적용된 시라서 시를 감상히는 느낌도 내내 상큼하다.

저녁나절 엄마의 부엌
솥뚜껑 여닫는 소리
구수한 밥 냄새 가슴속까지 스민다

배고픔도 하루의 고단함도

그 순간만큼은
따뜻한 행복에 젖는다

고향집 무쇠 솥에는
밥 냄새 그대로 남아 아직도
어머니의 손맛이 구수하다

– <어머니 무쇠솥> 전문

　사람이라면 누구나 어머니 생각에 가슴이 절절한 때가 많다. 송강 정철과 함께 가사문학의 일인자로 알려진 노계 박인로는 소반에 올려진 홍시를 보고 돌아가신 부모님 생각에 <반중 조홍감>이라는 4연의 시조를 남겼다. 그 중 1연이 널리 알려져 있는데 이는 육적이 아버지 육강과 함께 구강에 있는 원술을 만났을 때 귤을 대접받은 데서 비롯된 이야기다. 돌아오는 길에 하직 인사를 하다가 소매에 감춘 세 개의 귤이 굴러떨어진 고사다. 원술이 손님으로 왔는데 왜 귤을 감추었느냐고 묻자 귤을 좋아하는 어머니께 드리려 했다고 답했다. 그러자 원술은 귤을 더 쥐어 주며 겨우 여섯 살짜리 육적이 어머니를 생각하는 효행에 감복하여 칭찬했다.
　이 시를 본 한음 이덕형이 도체찰사였던 1601년에 영천에 머물 때 평소 가까이 지내던 노계 박인로를 찾아갔다. 고향 영천으로 내려와 후학을 양성하던 노계에게 조홍감을 내놓으며 '조홍시가'에 이어 시를 더 짓게 했다. 그런 이유로 '조홍시가'는 4수의 연시조로 완성되었다.

반중盤中 조홍無紅감이 고아도 보이나다
유자柚子 아니라도 품음직도 하다마는
품어가 반길 이 없을 새 글로 설워하나이다.

- <조홍가> 4연 중 1연

소반의 홍시와 누룽지가 익어가는 무쇠솥의 의미는 어머니를 그리는 효성으로 이어진다. 홍시는 살아 계신 어머니를 즐겁게 해드리려는 행동이라면 무쇠솥에서 풍겨나는 밥냄새는 돌아가신 어머니에 대한 그리움이다. 그 그리움은 구체적인 장소와 시간과 소재의 청각, 시각, 후각으로 겹친 3중의 공감각으로 열어 시적 자극을 극대화 했다.

'저녁나절' '부엌' '솥뚜껑 여닫는 소리' '구수한 밥 냄새' 오감의 모든 감각기관을 자극하면 온 기관이 평생 지워지지 않는 기억으로 남는다. 2연으로 이어진 "배고픔도 하루의 고단함도/ 그 순간만큼은/ 따뜻한 행복에 젖는다"는 유년이 기억이 아직도 생생하게 남은 까닭이다. 그러더니 3연에서는 "고향집 무쇠 솥에는/ 밥 냄새 그대로 남이 아직도/ 어머니의 손맛이 구수하다"는 행복한 기억을 현재에도 지속되는 상황으로 진술할 수 있는 것이다.

4부 순환의 질서에 선 생명의 고리

세월은 제 홀로 흔적을 남기지 않는다. 순환의 고리에서 사계四季의 변화를 온몸으로 받아내는 생명체들이 원숙하게 외형을 단장하고 나이테와 같은 내면의 아름다움을 새겨낼 뿐이다. 그 속에서 우리는 세월을 읽으며 자연이 단장하는 아름다움을 늙어가는 것으로 인식한다. 어느 생명체가 세월을 빠르다고 탄식하며 늙음을 탓할 수 있을 것인가. 다만 인간만이 탄로가를 읊으며 세월의 속도감을 아쉬워한다.

〈낙엽의 길〉로 문을 연 4부에서는 제목만으로도 저무는 시간의 이미지를 연상케 하는 작품으로 일관했다. 〈떨어지는 나뭇잎을 보며〉〈가을맞이〉〈가을비〉〈어느 가을의 예쁜 추억〉〈쉼을 얻는 가을날〉〈저무는 계절 앞에서〉〈12월의 끝자락에 서서〉, 〈늙은 소나무〉〈남은 한 장의 시간〉〈가을의 등불〉〈바람이 머문 자리〉 등 소생과 정열의 봄·여름을 비낀 조락과 소멸의 가을·겨울을 소재로 삶의 여운을 느끼게 하는 시세계를 열었다. 그 정감은 각 시의 마지막 연에 진술하여 시의 의미를 겉으로 드러냈다.

"외로움을 달래 본다" "고요한 숲에 내려 앉아 편히 쉬어가라" "시원하게 가을을 보내련다" "종일 추적추적 내리고 있다" "가을 향기 나는 예쁜 추억" "한겨울 추위도 이겨낼/ 여유가 발끝까지 흐른다" "살아온 날의 흔적들이 그림자처럼 움직인다" "느림의 삶을 배워보고 싶다"와 같이 시의 의미를 감추지 않고 직서적인 문장으로 제시했다. 시간의 흐름에 대한 아쉬움을 직접적으로 달래보려는 자위적 심정의 발로다.

　　난 모기가 정말 싫다고 외쳤다
　　참을 수 없던 밤 모기와의 전쟁을 선포했다
　　모기가 항변을 펼쳤다

나는 네가 좋아
목숨 걸고 따라다녔는데
피 몇 방울쯤 나눠 줄 수 있잖아

조금 따갑다고
손바닥으로 내리치더니
파리채 들고 위협하고
홈키퍼로 숨통을 막더라

그래도 옛날엔 낭만이 있었어
모기향이나 풀 모깃불로
한숨쯤은 살려 보냈잖아

이제는 전기 고문이라니
너무하지 않은가
상해죄로 고소하고 싶은 심정이다

나도 먹이사슬 어디쯤 있어야 하는 존재
한 방울 피 때문에
피 터지게 싸우지 말자

그 아까운 피 소진되면
우리 모두 죽음뿐이지
결국 너도 나도

피 한 방울로 살아가잖아

  - <모기의 항변> 전문

  계절의 순환고리를 벗어난 주제의 작품이라 띄게 재미있다. 불교
의 교리에 심취하듯 윤회를 벗어난 해탈한 경지를 보는 느낌이다. 이
리저리 얽히고 설킨 인간관계와 국제 질서의 한 축을 대유代喩·환유幻
喩로 형상화한 시라서 시인의 시대적 목소리까지 읽힌다.
  모기의 항변은 강한 자에게 털리고 당하는 약자, 또는 강대국에게
뺏기면서도 눈치를 봐야 하는 약소국의 목소리를 대변한다. 스토킹은
사랑이 아니라 괴롭힘의 불법행위이기 때문에 일방적으로 사랑하는
것도 범죄에 해당한다. 모기가 일방적으로 쫓아다니며 귀찮게 하여
전쟁을 선포하는 상황은 요즈음의 데이트 폭력과 같은 상황이다. 그
래도 모기는 계속 항변하며 정당성을 주장한다.
  2연 3연 4연 5연 6연으로 계속되는 모기의 논리가 요즈음 법꾸라
지들의 행태와 비슷하다. "그래도 옛날엔 낭만이 있었어/ 모기향이나
풀 모깃불로/ 한숨쯤은 살려 보냈잖아"와 같이 과거의 다정했던 모습
까지 동원하여 판례를 드는 장면은 오히려 동정심이 들게 한다. 그런
가 하면 꿀 먹은 듯 말이 없는 폭력 앞에 "그 아까운 피 소진되면/ 우리
모두 죽음뿐이지/ 결국 너도 나도/ 피 한 방울로 살아가잖아"라는 해
결책을 제기며 공존의 방법을 모색한다. 요즈음 같은 사회에 시인의
역할은 무엇인지 되돌아보게 하는 목소리다. 시는 그렇게 사회를 풍
자하며 교훈해야 한다. 그래야『죽은 시인의 사회』의 어두운 면이 걷
히고 "살아있는 시인의 사회"와 같은 정의와 질서의 아름다운 사회가

이루어진다. 그것이 시인의 사회를 향한 목소리이자 사명인 것이다.

"나도 먹이사슬 어디쯤 있어야 하는 존재"

아무리 하찮은 생명체라도 존재의 의미와 가치가 있음을 일깨워준 이 구절이 이 시집 전체가 지향하는 제일의 명제다. '법 없이도 살 사람'이라는 속담은 착하고 모범적인 사람을 뜻하지만 실상은 폭력배에 해당하는 말이다. 강자는 법보다 주먹과 권력으로 살 수 있으나 약자는 법이 있어야 법의 보호를 받으며 살 수 있는 것이다. 국제법이 있어도 강제력과 구속력이 약한 데다 '유엔 안전보장 이사국'의 이해관계에 편승하여 전쟁도 불사한다. 약소국을 위하기보다는 자국의 이해에 따라 적용하는 국제법은 이미 무용지물이 된 상태다. 오늘과 같은 상황에서도 약소국이 피해를 입고 사는 이유다. 국내에서도 법이 법 구실을 할 수 있도록 교훈하고 계도하느 것이 시인의 역할이기 때문에 시인은 많을수록 좋은 것이다.

숲속이 고요하다
숨 가빴던 여름을 돌아보며
곱게 물들어가는 잎새가
유려한 손길로 가을을 그린다

느긋한 햇살을 모아
조용히 등불을 밝혀 들고
계절의 길을 밝히려나 보다

- <가을의 등불>

비교적 4부 전체의 분위기에서 벗어난 작품이 〈가을의 등불〉이다. 단풍 드는 잎새를 보고 "곱게 물들어가는 잎새가/ 유려한 손길로 가을을 그린다"는 묘사는 "숨 가빴던 여름을 돌아보"는 행위의 연속적인 결과라서 더 의미가 있다. 혹한酷寒을 이겨내고 이른 봄에 피어난 꽃들이 더 아름답듯 혹서酷暑를 견딘 잎들이 더 곱게 물든다. 그렇게 시련을 이겨내고 곱게 물드는 단풍을 "유려한 솜씨'로 그린다"는 가을의 주체적 행위로 표현한 것은 그만큼 유일종 시인의 시심이 소녀적인 감상이 풍부하게 남아 있다는 의미다.

필자가 7월에 검단산의 비탈을 오르다가 촛불이 켜진 것을 보고 깜짝 놀라 달려갔더니 엉겅퀴 꽃이었다. 바람에 쓰러져 납작 엎드린 꽃대가 고개 들어 햇살을 향한 얼굴이 내 눈을 속인 것이다. 한참 지켜보다가 지지대에 꽃대를 묶어주며 감동에 취해 시를 쓴 적이 있다. 올림픽 지난 10년 후의 일이었으니 그때의 정서는 지금보다 풍요로워서 얼마든지 일어날 만한 일이다. 그렇게 젊을 때 느낄 만한 감동을 유일종 시인은 후학들을 지도할 만한 나이에도 불구하고 충분히 살려내고 있어 시의 느낌이 푸근하다.

"느긋한 햇살"은 곧 시인 자신의 감상을 의미한다. 세상 사는 동안 느낀 감동들을 햇살로 모아 "조용히 등불을 밝혀 들고" 등대와 같은 역할을 해야 하는 존대감의 확인이다. 그래서 제목의 〈가을의 등불〉은 앞으로 맞이해야 할 겨울을 준비하는 긍정적 삶의 자세를 내포한다. 일생을 보는 눈이 긍정적일 때 가능한 일이다.

맺음말

62편의 시들은 서시의 〈늦은 사랑〉에 대한 결과를 보여주는 시라서 시 전체가 하나의 주제로 꿰어진 통일성을 보인다. 팔만 사천의 법문이나 66권의 성경이 하나의 주제로 일관하듯 유일종 시인의 시에는 늦은 사랑을 다시 깨워 문학 소년의 꿈을 이뤄가는 과정과 결과물로서의 결정을 그려냈다. 다만 청소년기의 청초한 잎이 아니라 단풍 드는 잎새의 아름다움과 그 조락을 대비하는 겨울맞이의 시상이라서 아쉬운 느낌이 있다.

첫시집이라서 시에 담고 싶은 삶의 의미를 쉽게 전달하기 위하여 시의 말미에 부연을 더한 것도 눈에 띈다. 성격적으로 자상한 사람이 독자를 위해 친절을 베풀려는 일종의 배려다. 이런 점들을 고려하여 유일종 시인의 시에 나타난 특성들을 요약하면 다음과 같다.

1) 외면하기 쉬운 일상의 것들을 시적 대상으로 취해 시화詩化했다.
2) 시적 기교보다 의미 전달을 중시한 산문적 문장으로 시상을 순편히게 전개했다.
3) 생활의 경험을 시적 감흥으로 살려 성찰하고 교훈하려는 의도를 드러냈다.
4) 주술 관계가 명확한 문장으로 진술하여 시의 의미를 파악하기 쉽다.
5) 각운처럼 '~는다'라는 현재형으로 서술하여 이미지의 현장감을 살렸다.

여기에는 비유와 상징의 기법으로 압축한 운문적 특성보다 산문적 호흡이 드러나는 단점이 있으나 〈늦은 사랑〉의 시적 화자가 세상을 향해 나타내고자 하는 목소리라서 시의 의미로 충분하다. 그 결론을 〈빛바랜 추억〉으로 맺으면 '잘 꿰어진 서 말의 구슬'처럼 각개의 작품들이 영롱하게 엮여 고운 목걸이 같은 시로 빛이 난다.

묵은 앨범 뒤적여본다
풋풋한 얼굴들이 반갑게 맞아준다

지난날의 조각들이 하나 둘
퍼즐처럼 맞춰지며
되살아나는 추억들
주름진 웃음이 입가를 맴돈다

추억은 아름다운 그리움
힘든 일도 많았던 옛날을 회상하니
쓸쓸하기도 하지만 정겨운 행복이다

젊었을 적 사진을 아내에게 보여 준다
어떤 영화배우 같다고 추켜세우는
후한 인심이 싫지 않은 빛바랜 추억여행
웃음 넘치는 겨울밤이 따뜻하다

— 〈빛바랜 추억〉 전문

묵은 앨범 뒤적여 보는 것은 곧 늦은 사랑을 깨워내는 행위의 시작이다. 반갑게 맞아주는 풋풋한 얼굴들이 곧 문학 소년의 시에 대한 꿈이다. "지난날의 조각들이 하나 둘/ 퍼즐처럼 맞춰지며/ 되살아나는 추억들/ 주름진 웃음이 입가를 맴돈다"에서 보듯 뒤적여 찾아낸 꿈들을 퍼즐처럼 맞춰 시를 쓰기 시작하니 입가에 웃음이 맴도는 자기 만족의 단계에 이른다.

3연에서 보인 또 다른 만족감, 그것은 "힘든 일도 많았던 옛날을 회상하니/ 쓸쓸하기도 하지만 정겨운 행복"이다. 4연에서는 구체적인 시 감상의 단계에 이른다. 젊었을 때 담아온 시상을 작품으로 남겨 아내에게 보여 주었더니 영화배우처럼 좋은 작품이었다는 평론적 감상이 "웃음 넘치는 겨울밤"의 따뜻한 풍경으로 이어진다.

시를 쓴다며 홀로 밤을 새우고 낑낑대는 남편을 아내들은 별로 좋아하지 않는다. 그런데 초창기부터 시 쓴다며 고독을 즐긴 것이 아니라 할 일 다 하고 제2의 삶으로 찾은 시 쓰기라서 '방콕의 삼식이 세끼'보다 기특하고 대견한 것이다. 그래서 온 가족이 행복한 가운데 유일종 시인은 만족하게 제2의 길을 힘차게 달릴 수 있는 것이다.

영광스러운 길, 시인의 길에 들어선 용기에 박수를 보내며 첫시집의 상재를 두 손 모아 축하한다.

2026. 1. 19
문형산 기슭 천수재에서 샘물 강기옥